W9-AOI-455

EL EXPRESO POLAR

Escrito e ilustrado por

CHRIS VAN ALLSBURG

EDICIONES EKARE - BANCO DEL LIBRO

CARACAS

Para Karen

Primera edición 1988
Segunda edición 1990
Tercera edición 1991

Copyright © 1985 by Chris Van Allsburg

©1988 Ediciones Ekaré-Banco del Libro
para la presente edición en lengua castellana.
Luis Roche, Altamira Sur, Caracas, Venezuela.
Publicado bajo acuerdo con Houghton Mifflin Company,
Boston, Massachussetts, EE.UU.
Título original: The Polar Express
Traducción: Marianne Delon.
ISBN 980-257-046-X
Fotocomposición: Textos Capitolio
Impreso en Caracas por Editorial Ex Libris, 1991

EL EXPRESO POLAR

Era nochebuena, hace muchos años. Yo estaba acostado en mi cama, sin moverme, sin permitir siquiera que las sábanas susurraran. Respiraba silencioso y pausado.

Aguardaba, anhelando escuchar un sonido. Un sonido que un amigo me había asegurado jamás escucharía: el tintineo de cascabeles del trineo de San Nicolás.

— No existe San Nicolás –había insistido mi amigo. Pero yo sabía que estaba equivocado.

Muy tarde aquella noche, sí escuché sonidos, pero no de cascabeles. De la calle llegaban unos resoplidos de vapor y un chirriar de metales. Me asomé a la ventana. Había un tren detenido justo enfrente de mi casa.

Se veía envuelto en un manto de vapor. A su alrededor, los copos de nieve caían con suavidad. En la puerta abierta de uno de los vagones, estaba parado un conductor. Sacó de su chaleco un gran reloj de bolsillo; luego, levantó la mirada hasta mi ventana. Me puse la bata y las zapatillas. De puntillas, bajé las escaleras y salí de la casa.

— ¡Todos a bordo! –gritó el conductor. Corrí hasta él.

— Bueno, –me dijo– ¿vienes?

— ¿A dónde? –pregunté.

— Pues, al Polo Norte, por supuesto –me respondió–. Este es el Expreso Polar.

Tomé la mano que me tendía y subí al tren.

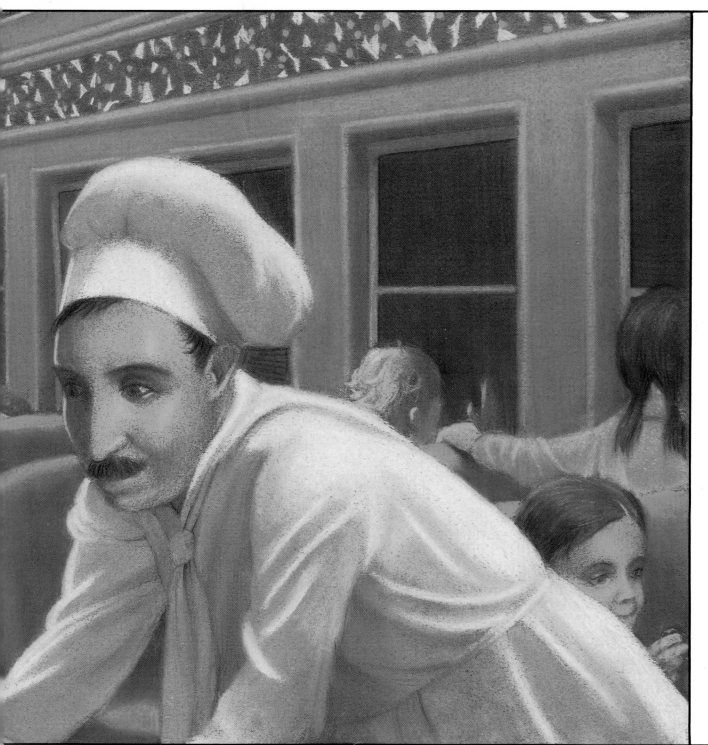

Adentro, había muchos otros niños, todos en ropa de dormir. Cantamos canciones de Navidad y comimos caramelos rellenos con turrón tan blanco como la nieve. Bebimos cacao caliente, delicioso y espeso, como chocolates derretidos. Afuera, las luces de pueblos y aldeas titilaban en la distancia, mientras el Expreso Polar enfilaba hacia el norte.

Pronto, ya no se vieron luces.
Nos internamos por bosques
oscuros y fríos, donde vagaban
lobos hambrientos, y conejos
de colas blancas huían de
nuestro tren, que retumbaba
en la quietud del agreste paraje.

Trepamos montañas tan altas
que parecía como si fuéramos
a rozar la luna. Pero el Expreso
Polar no aminoraba su marcha.
Más y más rápido corríamos,
remontando picos y atravesando
valles, como en una montaña rusa.

Las montañas se convirtieron en colinas. Las colinas, en planicies cubiertas de nieve. Cruzamos un desolado desierto de hielo, el Gran Casquete Polar. Unas luces aparecieron en la distancia. Semejaban las luces de un extraño transatlántico navegando en un mar congelado.

— Allá –dijo el conductor–, está el Polo Norte.

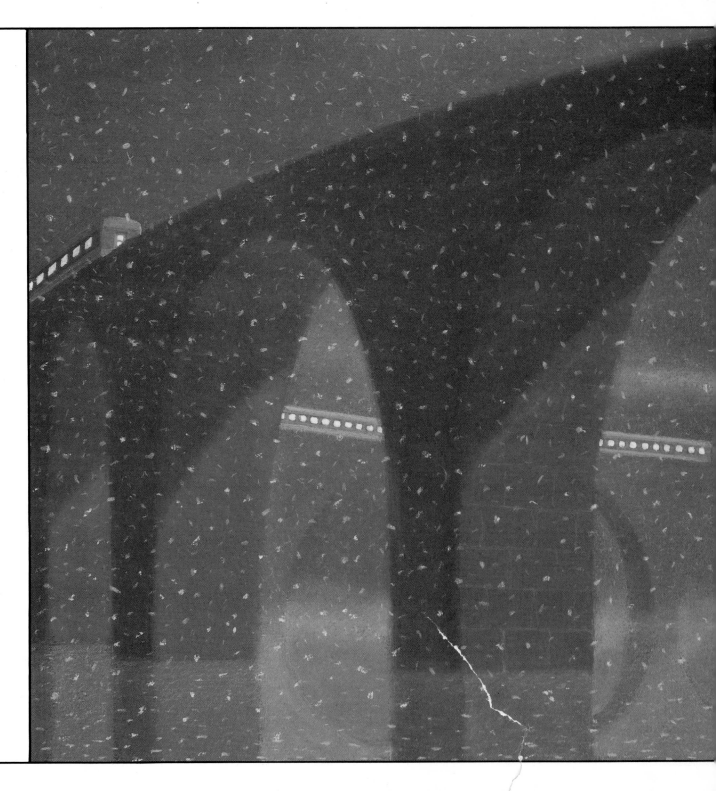

El Polo Norte. Era una ciudad
enorme que se levantaba solitaria
en la cima del mundo, llena
de fábricas donde se hacían
todos los juguetes de Navidad.
Al principio, no vimos duendes.

— Se están reuniendo en el
centro de la ciudad —explicó
el conductor—. Allí, San Nicolás
entregará el primer regalo de
Navidad.

— ¿Quién recibirá el primer
regalo? —preguntamos todos.

El conductor respondió:

— El escogerá a uno de ustedes.

— ¡Miren! –gritó uno de los
niños–. ¡Los duendes!

Afuera, vimos cientos de duendes.
Nuestro tren ya se acercaba al
centro del Polo Norte y debíamos
ir cada vez más despacio, porque
las calles estaban llenas con los
ayudantes de San Nicolás. Cuando
no pudimos seguir avanzando,
el Expreso Polar se detuvo
y el conductor nos dejó bajar.

Nos abrimos paso entre la multitud, hasta el borde de un gran círculo despejado. Frente a nosotros se alzaba el trineo de San Nicolás. Los renos estaban inquietos. Cabeceaban y caracoleaban, haciendo sonar los cascabeles plateados que colgaban de sus arneses. Era un sonido mágico, como ninguno que hubiera escuchado antes. Del otro lado del círculo, los duendes se apartaron y San Nicolás apareció. Los duendes lo saludaron con un estallido de gritos y aplausos.

Avanzó hasta nosotros y me señaló, diciendo:

— Que se acerque ese muchacho.

Saltó a su trineo. El conductor me ayudó a subir. Me senté en las rodillas de San Nicolás y él me preguntó:

— A ver, ¿qué te gustaría para Navidad?

Yo sabía que podía pedir cualquier regalo de Navidad que quisiera. Pero lo que más deseaba no estaba dentro del enorme saco de San Nicolás. Lo que yo quería, más que ninguna otra cosa en el mundo, era un cascabel plateado de su trineo. Cuando lo pedí, San Nicolás sonrió. Luego me abrazó y le ordenó a un duende que cortara un cascabel del arnés de uno de los renos. El duende le alcanzó el cascabel. San Nicolás se puso de pie, y sosteniendo el cascabel muy en alto, anunció:

— ¡El primer regalo de Navidad!

Un reloj dio la medianoche, al tiempo que se escuchaba la delirante aclamación de los duendes. San Nicolás me entregó el cascabel y yo lo puse en el bolsillo de mi bata. El conductor me ayudó a bajar del trineo.

San Nicolás animó a los renos, gritando sus nombres y haciendo chasquear el látigo. Tomaron impulso y el trineo se elevó en el aire. San Nicolás voló sobre nosotros, trazando un círculo; entonces desapareció en el frío y oscuro cielo polar.

Tan pronto como regresamos al Expreso Polar, los otros niños me pidieron ver el cascabel. Busqué en mi bolsillo, pero todo lo que encontré fue un agujero. Había perdido el cascabel plateado del trineo de San Nicolás.

— ¡Corramos afuera a buscarlo! —sugirió uno de los niños.

Pero en ese momento, el tren se estremeció y comenzó a moverse. Íbamos de regreso a casa.

Me rompió el corazón haber perdido el cascabel. Cuando el tren paró frente a mi casa, me separé con tristeza de los otros niños y me quedé en la puerta, diciendo adiós.

El conductor gritó algo desde el tren en movimiento, pero no pude oír.

—¿Qué? —pregunté.

Haciendo una bocina con sus manos, repitió:

— ¡FELIZ NAVIDAD!

El Expreso Polar hizo sonar su potente silbato y se alejó a toda velocidad.

La mañana de Navidad, mi hermana Sarah y yo abrimos nuestros regalos. Parecía que ya habíamos terminado, cuando Sarah encontró una pequeña caja olvidada detrás del árbol. Tenía mi nombre. ¡Adentro estaba el cascabel plateado! Había una nota: "Encontré esto en el asiento de mi trineo. Remienda ese agujero en tu bolsillo". Firmado: "Sr. N."

Agité el cascabel. Repicó con el sonido más hermoso que mi hermana y yo hubiéramos escuchado jamás.

Pero mi madre comentó:

— Ay, ¡qué lástima!

— Sí –dijo mi papá–. No suena.

Ninguno de los dos había escuchado el sonido del cascabel.

Hubo un tiempo en que casi todos mis amigos podían escuchar el cascabel, pero con el pasar de los años, dejó de repicar para ellos. También Sarah, cierta Navidad, ya no pudo escuchar su dulce sonido. Aunque ya soy viejo, el cascabel aún suena para mí, como suena para todos aquellos que verdaderamente creen.